NAHARIA

coordenação editorial
Sálvio Nienkötter

fotografias
Guilherme Gontijo Flores
Nair Rúbia Baptista

editora-assistente, editoração e capa
Bárbara Tanaka

produção
Cristiane Nienkötter
Danielle Vida

Dados Internacionais de Catalogação na Publicação (CIP)
Andreia de Almeida CRB-8/7889

Flores, Guilherme Gontijo
Naharia / Guilherme Gontijo Flores. — Curitiba : Kotter Editorial, 2017.
86 p. : il.

ISBN 978-85-68462-49-2

1. Poesia brasileira I. Título

CDD B869.1

17-1707

KOTTER EDITORIAL

Rua das Cerejeiras, 194
82700-510 | Curitiba/PR
+55 41 3585-5161
www.kotter.com.br | contato@kotter.com.br

1ª edição
2017

NAHARIA

GUILHERME GONTIJO FLORES

KOTTER
EDITORIAL

PREFÁCIO

por Gustavo Silveira Ribeiro

I

[antes que o dia nos sufoque]

O poema-livro que aqui está é feito como uma armadilha, uma sutil aporia: em sua tessitura, o texto tenta reter os restos de uma voz que se dispersa, alimentando-se dela e dela se despedindo, de certo modo; mesmo sabendo impossível paralisar o turbilhão do mundo, lança-se à tarefa de suspender o tempo, interpelar o instante e fixar dele (o agora, momento fugidio) um retrato possível, clarão mínimo: lâmpada da memória, *naharia*, réstia de luz que se projeta sobre o legado de uma vida e o expande, revendo a si, as coisas ao redor, o que existe e o que nunca existiu, com olhos turvos, melancólicos. O passado é denso e a voz que se espalha no texto — costurando o longo poema narrativo que Guilherme Gontijo Flores entrega neste momento aos seus leitores — sabe (sem saber claramente) que à melancolia cabe também força e ânimo, isto é, vigor e alguma alegria. E é por isso que se desprende tanta energia dessas páginas, tanta intensidade das histórias sempre incompletas e interrompidas que a personagem, uma senhora que passeia pelo bairro familiar, entre a casa e o mercado de compras, conta àquele que a acompanha — um ouvinte jovem e atento, alguém que carinhosamente a segue em silêncio (um neto, quem sabe?), acompanhando o *continuum* das suas palavras.

O início do poema é como um destravar da língua, uma máquina que se põe em movimento: surpreendidos em pleno ato, *in media res*, tudo nasce de um sim. Gesto afirmativo (e por isso mesmo violento, instaurador, aberto e oferecendo-se ao desconhecido), a torrente de imagens se desprende e o discurso surge como fluxo, jorro incontrolável: algo próximo, talvez, ao que se assiste no *Poema sujo*, de Ferreira Gullar, onde o fio da lembrança é, em princípio, insignificante como uma trilha de formigas que escorre pelo vão do assoalho, mas de repente se abre imenso ao passado, outra vida, à infância, ao corpo, às experiências formativas e às inúteis, ao que a vida tem de essencial e ao que nela é puro gasto, desimportância. Sem a mesma urgência, no entanto, do texto fatalmente político de Gullar, mas de igual modo uma reflexão sobre a finitude e a intensidade, *Naharia* opera por montagem e sobreposição, articulando as muitas vozes e os múltiplos sentidos que se abrigam na voz da personagem sem os ordenar em excesso, sem os submeter a uma direção unívoca e clara. A sintaxe partida do poema, seus retalhos de textos alheios, os saltos que o atravessam, a modulação de assuntos, linguagens e mesmo formas gráficas (o autor usa muito habilmente o *itálico* e a CAIXA ALTA para marcar os ritmos e as alternâncias do discurso lírico) preservam em medida justa a dispersão que orienta, incontornavelmente, um mergulho no tempo como o que aqui vai, além de ser também o modo natural de uma conversa qualquer, um encontro desarmado com alguém que se ama. Algo do monólogo final de Molly Bloom, de *Ulisses*, de James Joyce, ecoa no texto, afinal: não é mais uma Penélope quem desfia os seus desgostos, certamente, mas alguma coisa afirmativa e sensual, intrincada e circular percorre o tecido do poema, sua explosão verbal, dando ao texto um sentido de reinscrição de mitos e narrativas arcaicas. Algo como uma poética da leitura se esboça também aqui, como ocorre no romance de Joyce, na medida em que diversas passagens da *Odisseia* homérica, do *Ulisses* e de outros livros e autores (João Guimarães Rosa, T. S. Eliot, Carlos Drummond de Andrade, Dante Alighieri) aparecem em *Naharia*, misturados, confundidos, traduzidos na linguagem com que se faz o livro, às vezes um amontoado de cacos e ecos e retalhos de outros tempos, outras textualidades.

No centro de tudo o que *Naharia* põe a descoberto, entre as "voltas infindas da fala" parece haver uma casa, presença-ausência fantasmática, verdadeiro símile das estruturas profundas do livro. A casa na qual os personagens transitam no presente do texto recorda uma outra, inapreensível, irrecuperável — "é a casa que fica na memória/onde habitamos mais a cada dia": é nela que de fato os afetos se concentram;

do mesmo modo, a infância, a convivência com os irmãos e filhos, as asperezas do casamento parecem se fazer notar com mais força na sua falta, isto é, não nas marcas que possivelmente deixaram, mas na possibilidade do que podiam ter sido, na hipótese que ainda são, potências de uma vida que, mesmo passada, parece não ter se esgotado ainda: "o pai que nunca houve/ daquele filho que não nasceu". O caráter espectral do tempo parece vital ao texto, espécie de motor que o movimenta: o passado não cessa de retornar à consciência e ao presente, invadindo a vida, fazendo do discurso-poema, em certo sentido, uma espécie de diálogo com os mortos: a intempestividade que o caracteriza não é a da invocação dos que se foram, num ritual de chamado e controle relativo de sua presença (fugaz) entre nós; ao contrário, eles, os mortos, é que dão as cartas, ocupando o espaço do coração e fazendo-se corpo, lembrança palpável que dá substância à própria ausência, uma vez que a sensação ilusória de sua realidade no mundo dos vivos mais destaca a falta que fazem do que a ameniza ou conjura: "teu silêncio me acompanhava/ nos cantos da casa em que não estava".

A velhice, neste livro, é o território da despossessão. Se a fragilidade física e o comedimento normalmente associados à maturidade não parecem ter lugar no poema, uma sensação permanente de exílio se apresenta como traço fundamental, condição incontornável dos que já não vivem num tempo que lhes pertence. A infância, mais que a juventude, é a sua pátria perdida, e tudo o que se experimenta no presente é índice negativo de falta e distância, algo como uma impostura qualquer: o gosto da água, a acidez da laranja não são as mesmas e soam puro artifício diante dos sabores provados; o mesmo ocorre com as paisagens da memória, o mapa mental e afetivo da casa, do seu oco habitável e tão familiar que agora, por mais antiga seja a vivência em seu interior, não se apresenta como as da vida de criança. Não há resignação nem nostalgia paralisante em *Naharia*, é bom que se diga — e as muitas fotos que atravessam o texto revelam isso, para além de abrirem-se também a inúmeros outros sentidos. Em parte, é possível dizer, elas vão se opor (junto às palavras) à "noite imensa do esquecimento", treva total, risco de aniquilação do vivido. A meditação sobre o tempo e a velhice que se dá através delas e nos versos do poema-diálogo (do drama-poesia, para lembrar aqui Maria Gabriela Llansol) se aproxima mais, quem sabe?, daquilo que Jean Améry, filósofo e escritor alemão, propôs sobre o tema (em *Über das Altern*, 1968): o envelhecimento é uma forma de estranhamento de si e desertificação do mundo, um modo violento de aprender a viver morrendo, de viver com a morte dentro de si, deflagrada e próxima.

II
[debaixo das cinzas]

Em meio a todos os sons e sentidos que se aglutinam em *Naharia*, correm subterrâneos, como veios secretos que discretos se impõem, os fios (os versos, as imagens, a melodia obscura) de três outros livros de Guilherme Gontijo Flores: *Brasa enganosa* (Patuá, 2013); *Tróiades* (Patuá, 2015) e *L'Azur blasé* (Kotter Editorial, 2016). Sucessão de nomes, volumes tão diferentes uns dos outros, textos voltados à exploração de formas e questões múltiplas, elos de uma cadeia de reconhecimento complexo, nada óbvio, mas que se ilumina ao leitor atento. *Todos os nomes que talvez tivéssemos* se forma assim, como um corpo sem órgãos, organismo plural feito de agenciamentos e encontros textuais, indícios de uma obra que se constrói a partir, fundamentalmente, da destruição: no conjunto de textos que se somam, vêm abaixo a autoria, o lugar estável do corpo e da escrita, a percepção do tempo e as injunções do amor. Para cada elemento, no entanto e paradoxalmente, o trabalho delicado e construtivo: a sua forma apropriada, *mot juste*, tentativa de ajustamento exato entre a experiência e o texto.

A dimensão plural e inquieta do projeto, expressa desde o título (a impossibilidade final da nomeação indica, afinal, a instabilidade irredutível da própria matéria tratada), se deixa perceber em tantos aspectos, traço evidente já no trato de cada livro: enquanto a série se abre com um volume mais tradicional, editado de modo algo comum, no qual a ênfase recai sobre a letra impressa e o corpo convencional dos poemas, o passo seguinte tratava de explodir o suporte, expandindo-se do papel para o ciberespaço para retornar, quando da publicação de um volume comercial, ao lugar inusual de um objeto-livro, caixa de papelão e plástico contendo fotografias e um libreto quase que completamente negro. Na etapa seguinte, apesar da diagramação linear, o mergulho na prosa e no humor corrosivo perfaz uma espécie qualquer de antilivro de poemas, volume que, próximo da autobiografia e do ensaio, não preparava o leitor para este *Naharia*, modo dramático de composição atravessado, mais que os demais, por fotografias artisticamente elaboradas, diferentes, por isso, do caráter documental que têm quase todas as imagens de *Tróiades*, dentre os outros livros aquele que mais francamente se apoia na interpenetração palavra e imagem. Se a dessemelhança entre os textos e os projetos individuais parece mais visível, configurando mesmo a perspectiva de um questionamento permanente da assinatura do poeta, que prefere se reinventar o tempo todo, sendo muitos e nenhum nesse processo, escolhendo o desencontro consigo como caminho preferencial — uma mirada mais atenta revela os pontos de contato, as zonas de passagem e disseminação que se encontram na tetralogia, entroncamentos que reúnem interesses e revelam, em última instância, a consciência precisa de cada passo, o planejamento vertiginoso, a obra que se dobra sobre si em voltas amplas e desconcertantes.

Em primeiro lugar, atravessa o conjunto dos textos um saber tradutório, prática desterritorializada da língua (e por isso mesmo forma política, língua menor que é, sempre, língua de combate) que estranha o idioma pelo acréscimo virtualmente infinito de outras linguagens, expressões, culturas e saberes tradicionais. O latim e o grego, em primeiro lugar, mas também o italiano, o alemão, o inglês e o francês são línguas que comparecem, como sopro e rastro, nos poemas de *Todos os nomes que talvez tivéssemos*. Sempre em modos de tradução criativa, transcriação mais propriamente, ecos de autores diversos aparecem nos poemas de Gontijo Flores, que faz da poética da leitura antes destacada em

Naharia uma verdadeira ética da apropriação, modo de dar outra volta no parafuso da discussão sobre autoria e limites (jurídicos, estéticos, políticos) da propriedade no campo das artes.

Procedimento ainda mais radical no corpo da tetralogia, a reescrita permanente das suas próprias palavras, o cruzamento de versos e temas a perpassar, de ponta a ponta, livros tão diversos entre si, é dado notável, reminiscência musical que informa o projeto. Alguns motivos (que se materializam em imagens específicas, fragmentos de versos e nomes próprios) cruzam o fio estendido pelos textos, ora repetidos em contexto diverso, ora refeitos e repropostos, ganhando significado diverso a cada aparição, forma maleável que se abre à leitura cumulativa, camada sobre camada, repetição-em-diferença. Nós de uma mesma corda, versos como "todo luto chorado será meu luto", de *Tróiades*, impressionante tanto por sua concisão quanto pelo caráter comunitário de uma realidade (o trabalho de reconhecimento, expiação e ultrapassagem da dor) no fundo tão pessoal, retorna em *Naharia* sem o peso histórico do livro anterior — que estabelece, como sabem os seus leitores, uma profunda solidariedade entre tempos e contextos distintos, sofrimentos físicos e morais que, ocorridos numa parte do mundo e numa época precisa, pertencem a toda a humanidade e se reatualizam em outras estações, outros períodos —, atado agora às experiências pessoais da personagem que monologa ao longo do poema. A projeção empática que faz em relação ao luto sentido por outros retoma o afeto mobilizado antes, apresentando, no entanto, dele uma faceta particular e privada, mas igualmente potente na sua força de comoção diante da desdita. Como esse, muitos outros exemplos poderiam ser apresentados, sempre em percurso próximo: *Naharia* como ponto de chegada e transformação de muitas das questões anteriores do projeto, lugar de passagem da língua e centro das suas preocupações estéticas fundamentais.

Nesse sentido, se se toma a paragem final como síntese do caminho, é possível dizer que *Todos os nomes que talvez tivéssemos* é um longo poema sobre a finitude e as artimanhas da sobrevivência, a melancolia e a revolta: todos ou quase todos os elementos que vão aparecer de modo significativo nos textos apontam para aquilo que, na meditação sobre o fim da vida armado pelo último livro, parece ser o dado mais relevante: a condição trágica da existência de todos (talvez não seja gratuito que o último livro seja, bem ou mal, armado como um drama): seu grão de imponderabilidade e vazio, bem como as inúmeras possibilidades de resistência que, mesmo fadadas ao fracasso, se apresentam diante dos indivíduos. Ora acentuando com mais intensidade um dos lados dessa balança que pende indefinida (as salvações possíveis do amor e do desejo, de um lado, mais presentes no primeiro e no último livros; as desgraças da violência e da catástrofe — pessoal ou coletiva — de outro, mais visíveis, creio, nos restantes), a tetralogia se equilibra tensa entre extremos, terrível e comovente como uma Tragédia, forma-força, forma-total que apresenta o indivíduo (qualquer um, anjo da História ou dona de casa envelhecida, jovem amante ou funcionário público infeliz) em seu ponto mais alto e mais baixo. Sem o mesmo ritmo de queda inexorável do texto-rito-espetáculo grego, mas ainda assim indo também aos dois polos opostos da experiência humana, o conjunto dos poemas da tetralogia de Guilherme Gontijo Flores é uma tentativa de canto total numa época acostumada a sons desarticulados, canções interrompidas e impossíveis. Recuperação de formas tradicionais, como o centão, e a reinvenção de arranjos novos, a publicação do corpo geral desses poemas interconectados é feito notável, uma vez que eles se lançam aos temas imensos, tantas vezes inabordáveis da tradição, e igualmente às estruturas compositivas clássicas e à memória irrastreável das formas poéticas como quem sabe e não sabe a responsabilidade, o peso insuportável que elas têm. O despojamento com que se entra nesse campo minado e a sofisticação de tantas soluções encontradas pelo poeta dão conta da potência do projeto, sua necessidade mesma (ainda que inesperada) entre nós.

Novembro, 2017

NAHARIA

p/ amélia & gladys
monumentos de dor e delícia
por existirem com seu tempo
em nosso tempo

Agradeço a Nair Rúbia Baptista, que me ajudou imensamente em algumas fotos, quando o poema ainda mal germinava.

Ai se eu pudesse
só por um segundo
rever os portões do mundo
que os avós criaram
(Siba)

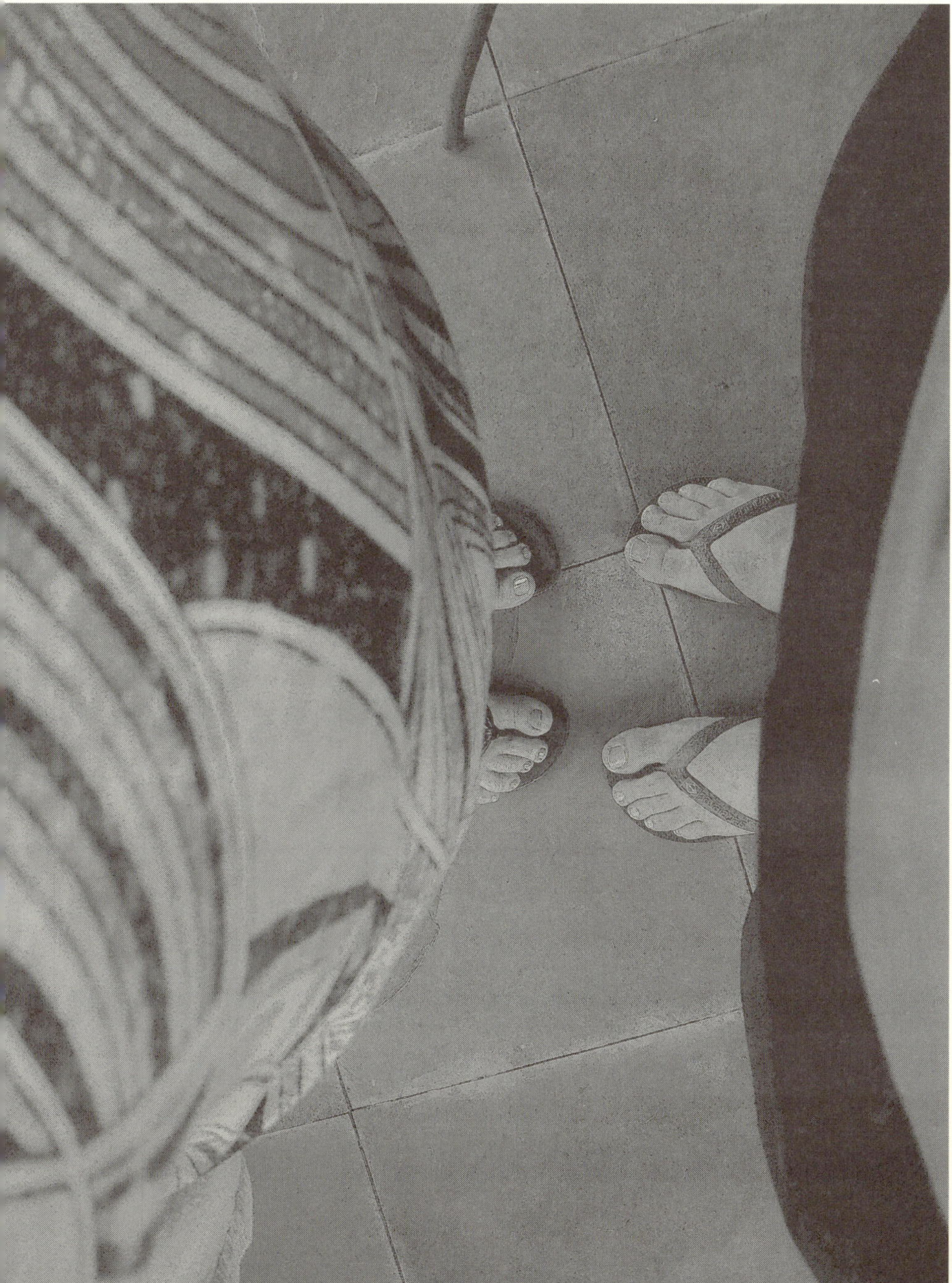

conta moça do homem malino
que depois de arrasar morada santa
veio em meio a tanta terra
conhecendo um tanto
de gente estranha
cheia de gostos
parar nesse cafundó
conta"

e sim

como eu ia dizendo
mas você sempre perde o fio da meada
perde a capacidade
o jeitinho da atenção pouca que te peço
e cai numa deriva doidivanas
dessas que só se sai
          parando noutra
na verdade derivando noutra
sim como eu ia dizendo a Margarete
após um longo introito
e além de longo um tanto cheio de suspenses
com pausas
pontuadas por olhares oblíquos
desconversas encadeadas ou mesmo
parênteses
que pareciam simplesmente intermináveis
quase como conversa que desinteressa
mas que neste caso
          ao contrário
muito me interessava
talvez na medida mesma
em que nada entendia ou depreendia
do assunto há tanto tempo anunciado
por certo pra ganhar toda curiosidade incrustada na pessoa
como eu que além de tudo
tenho muito mais o que fazer
vou me sentir como um gigante
e foi fazendo uso daquela retórica
          senvergonha
senvergonha sim que ela sabe que é senvergonha
porque não se faz esse tipo de coisa
                    sem saber no que vai dar
no desespero de quem ouve
se a gente não continua com o caso
e ele suspende
como suspenso no ar

sim pela metade
inda mais se um rebombo de adjetivos cerca cada
palavra apática que possa aparecer
enfim
        depois dos arroubos
                das voltas infindas da fala
por tempo que não tive a malícia de cronometrar
a senvergonha da Margarida me disse
que mais não contaria
que estava cansada que estava já tarde
ou que o ônibus não tardava
ou na pior das hipóteses
que ela mesma é que tardaria
que mais poder já não podia
atrasar na chegada ao tal do lugar aonde inadiavelmente iria
pra encontrar alguém
ou algum quefazer

ou mesmo só voltar pra casa
— nessa hora assumo
que desatentei como um gato
que deixa a presa de lado
e começa a se lamber com cuidado
só pra depois procurar seu inseto sem risco
de achá-lo no ponto que estava —
sim de qualquer modo
com algo muito mais importante do que eu
ou do que a tal história que me ficaria
        pela metade
até que ela pudesse me encontrar noutro dia
ensolarado
de preferência com mais tempo
porque afinal seria um caso grande
onde cada reviravolta pediria novas explicações
que por sua vez pediriam outras histórias anteriores
donde viriam a mulher do homem o filho do homem
os amigos da mulher do homem

e mais um bando sem fim de indivíduos de menor
importância
que não poderiam deixar de ser citados
já que por pouca que fosse
sua relevância na ideia geral
teriam o seu papel subfundamental
na trama
estrelas mudam de lugar
e foi aí
que eu disse que não poderia esperar
que isso não era direito
eu já estou velha
se bem que nem tanto
que ainda sou independente
e caminho sim todo dia
a pé faço compras
e corro nunca de transporte coletivo
mas que estou velha pra aguentar retórica fajuta
de blablablás sem conta
pra manter o meu pique de interesse
se eu precisasse desse tipo de coisa
nem conseguiria ver meio capítulo do jornal
ou ler alguma bula de remédio
porque esse tipo de coisa só me faz pensar em como o sono
o sono sim
o sono é que é a melhor das
bênçãos e bênçãs e benções
que a humanidade possa ter sonhado em receber
e que dormir
dormir e sequer sonhar
dormir é um delicioso casamento
de fachada com a morte
e da morte eu não quero
nem sei se posso
te falar agora
chegam mais perto só pra ver

talvez da morte alheia
que me é sempre desgostosa
ou bem
antes eles do que eu
mas inda assim desgostosíssima
cogite a situação medrante
de angariar mais santinhos
todo santo ano
depois mês
e depois dia
é como a lembrança incessante de que o próximo seria
inevitavelmente
eu
se alguém não se adianta e toma a vez
mais apressado
esbaforido de taquecardia piripaque pneumonia
caduquice ou susto

e você ri do *susto*
porque não viu a revirada da coisa
do súbito silêncio que preenche a casa
(eu não te falei mas o Lauro
caçula da Chiquita
baxinho de bigode lembra?
que tinha o tique engraçado
de começar cada frase com um *não*
quer dizer
com se precisando desculpar pelo calado
que até então estava
ele foi desses que do dia pra noite
se bem que no meio da tarde
que se empacotou sem aviso de sim ou não
com mulher e criança de colo ficando pra trás
uma lástima
um baque que come no luto
depois da voragem
todo luto chorado será

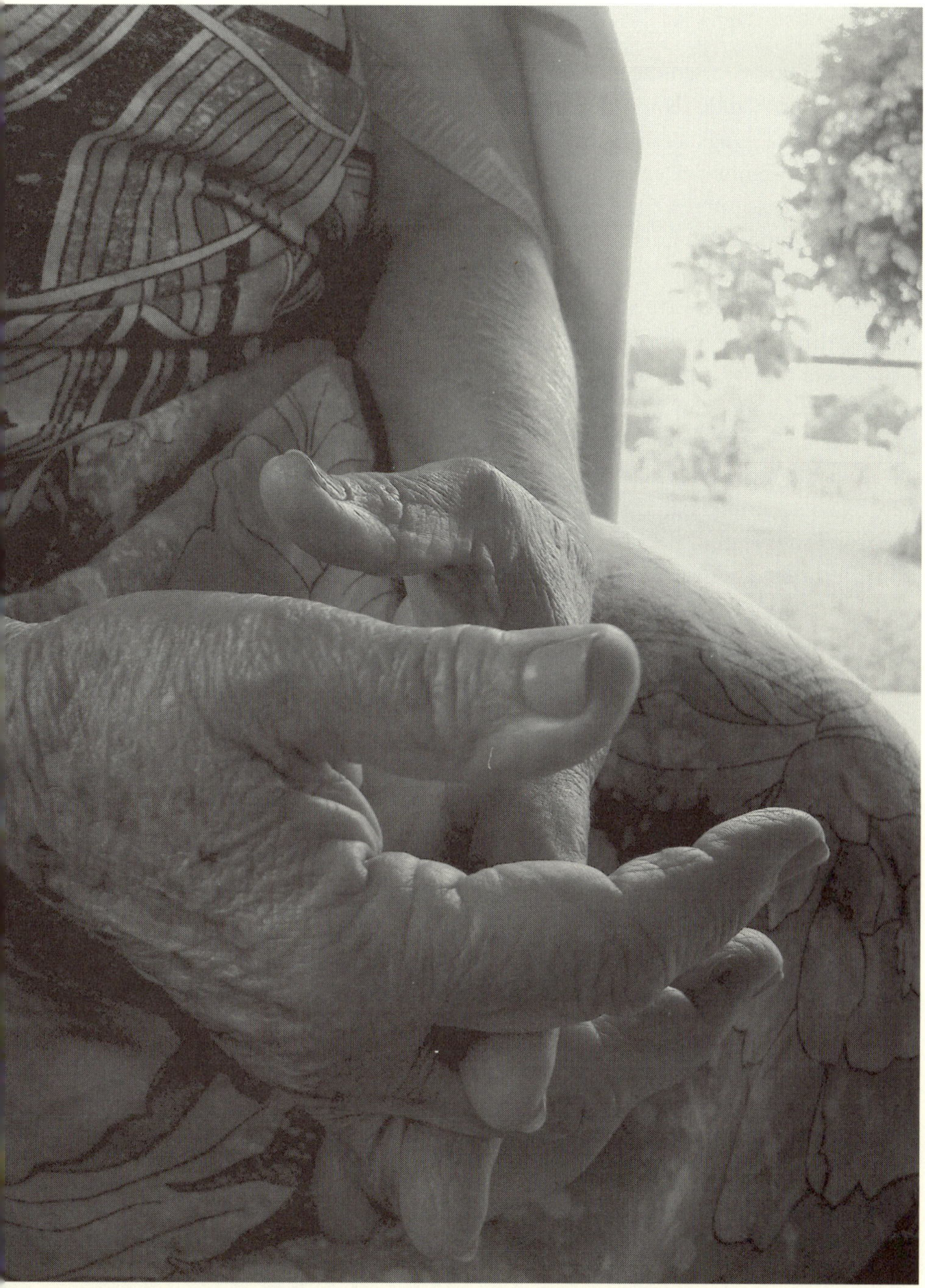

será que você conheceu?
eu agora ando dando de inventar a memória dos outros
ou então são os outros que deram
de deslembrar as memórias que eu guardo
mas sinto sim eu sinto mesmo a falta
do bom finado Lúcio
com piadas sobre a Laura
mas nem de morte alheia
nem dessa que é coisa dos outros
será que você me acompanha até ali?
é coisa pouca
caminhada besta até o mercado
por um punhado de limões
ovos e um guaraná
não serve nem de peso pra evitar a ventania
e a gente conversa que nem vê
mas convém antes que eu preciso me trocar

assim desse jeito é um ataque um estrondo de desalinho
        nem ouso em sair
só um segundo
                sou dominado ou se domino
mas vem sim que a gente fala
enquanto encontro a roupa
engraçado como tem coisa
que gruda direto na ideia
e vai melando e remelando a mente inteira
naquela repetição de pedaços
uns cacos
        ou sou eu mesma em cacos?
não repare em bagunças
que eu nem pensava em visita
e a casa se revolta
como que rebelde-sem-causa
por conta própria revirando-se nos ares
cá eu ponho e logo ali se acha
ou se desacha

como é demais comum
porque o melhor modo de achar
    é mesmo só não procurando
ou procurando coisa bem diversa
deixe eu trocar a blusa
    e perdão pela vista
aconselho o chão como mais indicado
pra quem procura o belo
que foi-se o tempo em que este corpo
tinha poderes de agradar uns quaisquer que a notassem
sim a bem dizer da verdade
também nunca foi coisa doutro mundo
nada de trânsitos parados homens abobados
ou revoluções no ambiente da minha passagem
mas procurando coisa bem diversa é que se acha
a gente mesmo talvez
como a história que calharam de me contar
dum moço viajado que acabou por motorista
na Itapemirim
calcando até o fim a própria história
quem me contou
    e quem que me contou?
me disse que essa mesma ouviu
de um seu não muito amigo
mas que era coisa vera sim
dessas que em tanta verdade
serve mesmo pra ser mentira
quando encontrou com o homem
foi nas madrugadoras duma estrada
nas horas em que existe lobisomem
ou outras mais balelas que eu queria
era que fossem verdadeiras
e o homem desandou a falar
parece falastrão
    e desses tipos não
eu nada gosto

porque calado muita vez é que se ganha mais
e ele contou como nasceu sem pai
a história é tanto repetida que sim
mas sempre dolorida
e como contar a história?
e se criou sem pai
e se fez moço sem pai
até que decidiu fugir assim
sem pai
dizem que nisso também igual ao pai
pra caçar rumo nesta vida sem sentido
ou pra caçar sentido nestes rumos
e em plena fuga se achou de amizades
com um rapaz do Tocantins
ele era do Goiás eu acho
enquanto entravam nos confins do Mato Grosso
a procurar emprego que lhe dessem
e que pagasse o sim da janta ao menos
ao mais bancasse as noites de somenos
e então depois de alguma fome costumeira
ouviram a tal proposta de trabalho
estranhante
numa fazenda lá pras bandas do mato dentro
a quinta era afastada e erma
e tinha plantas mais diversas
que logo os dois já repararam
ser pé de cânhamo frondoso
cercado de outros pés de planta
e de homens bem armados
e de trabalhos por assim dizer
escravos
e os dois assim que deu
deram de desaparecer na madrugada
correndo pela mata entrando em rio
beijando jacaré na beira d'água
feito fosse amigo mais chegado

pegue aquela vermelha sim?
        a do canto
mas muito mais discreto era o meu passo
com vergonha de andar perante o alheio
sem peraltice premeditada
um passo discreto e sem pompa
que apesar
        obrigado!
você sempre tão gentil
tão atencioso no trato da velha
nem deve lembrar mais de quando ficava pousado
        pensando na vida
sempre com cara de quem não estava lá
que não estar lá era o brinquedo favorito
fingir-se de além
numa vontade de esconder
debaixo de sofá cama cadeira mesa

atrás da geladeira da tv ou da parede
entrando no quintal
trepado numa árvore
não estando por perto
ou por perto não estando
fazendo que sim enquanto a gente fazia que não via
uma vista grossa que o agradava
e vez por outra se ouvia
o doce de riso que solto saía
        do esconderijo da vez
podia ser garagem banheiro um dos quartos vazios
debaixo da cômoda na casa dos fundos na lavanderia
e sabendo que estava lá
        eu me sentia tranquila
porque o riso me era a garantia de que
mesmo que não estando
uma parte tinha ainda de estar
concentrada exatamente nessa ausência escolhida
imerso em solidice dalgum breu

mesmo que a menos de um metro
no mesmo cômodo
talvez em tua cabeça a quilômetros anos-luz até
de distância
inventando o seu quê de saudade
outro dia mesmo eu conversava com a Maga
sobre isso
a saudade-soledade
acho que esse sapato não ficou bom
talvez o que está do teu lado
o marrom meio desgastado mas serve
saudosismo suave que às vezes me bate
e ela eu sei que me entende
que passa do mesmo
uma paixão que se guarda
só que rouba a palavra da gente
e quando vê já falado já foi
nem pensei no que era
até nem ouvi se sim falei
ou se foi só pensado
aí é na cara do ouvinte que eu desconfio
se houve mesmo uma frase da minha autoria
e por vezes
na cara de espanto que encaro
na cara de quem mal entende o escutado
que pelas metades saía da boca
independente de ideias que me por dentro borbulhavam
num fluxo de pulos a frase saía
e ainda sai todo dia
eu diria
como um risco imprevisto ao silêncio
que antes pairava tranquilo na nossa cabeça
silêncio que obedecia somente
os limites da voz
pois no meu pensamento
a ladainha infinita girava incessante

esperando à espreita
na caça da desatenção
que lhe desse um acesso direto à garganta
é assim que pressinto que disse
a saudade somente pensada
que cria que tinha somente comigo
e súbito se entrega a quem estiver
do meu lado
e nessa saudade
eu pensei cá comigo em mais memória
— nem venha dizer que não lembra
porque era criança petita sim
sem modos de se recordar —
desse tempo em que tua ausência me fez falta
porque o certo é sentir falta da presença
e não de ausências
que vazios servem pouco
pra ocupar o coração
— coração cresce pra toda banda —
melhor seria recontornar o abismo desse vazio
pra encontrar onde é que anda
esse espaço da ausência
que hoje me faz falta
ao pensar nessa tua distância
bem quando estava mais perto
por entre beiras
mas pensando pensando bem
a gente sofre muito a saudade do que não foi
do pai que nunca houve
daquele filho que não nasceu
da história de amor que nunca nos contar pudemos
e nos tramar no meio com trejeitos
de quem foi feliz
como sabemos só se pode ser
assim feliz nas fotos mais empoeiradas
no quintal na rua na casa dos fundos onde sempre

num período bem longo
agora acho que estou pronta sim
deixe só conferir
meu lenço o molho-de-chave tudo no meu patuá
que mais parece mafuá completo
verdadeira quizumba que não se deixa pra trás
num longo período eu dizia
tua ausência era companhia dos fins-de-semana
como meu filho ausente fosse
o nunca nascido que inventei nas fotos
enquanto eu das flores
do almoço ou da casa tratava
num esconderijo diverso
encantado enfeitiçado
de alguma leitura mais longa que a média
teu silêncio me acompanhava
nos cantos da casa em que não estava ou estava

e eu delicadamente fingia desestar
a distância dos risos preenchia
um pedaço do ritmo do meu dia-a-dia
como na vez em que
cismado de estar em segredo de tudo
contido no mundo distante que te cativava
você decidiu se sumir
por umas dez doze horas
sumido deveras
porque então eu não sabia
eu nem desconfiava teu paradeiro
entre uma e outra árvore
detrás no quintal ou debaixo da cama
que o teu sorriso não denunciava
dizer que me afligia com teu desaparecimento
por excesso de ausência
                                        seria exagero
mas me dava pontada
um pequeno pavor

será que dá pra dizer isso?
será que existe um outro nome disso?
um pequeno pavor de ser sério
dessa ausência acabar de vez em sumiço
então eu que não sou pangó
inventava labutas sim por todo o quintal
por rodar toda a casa
meio que à busca do teu sorriso oculto de gato
e mais hora menos hora eis
                                a desausência
uma janta depois de um banho bem negociado
a fartas sobremesas
que acho você ainda gosta não gosta?
e fartura nunca faltava
pra quem chegasse naquela casa
naquela nem tão velha casa
que me faz pensar na casa realmente velha
onde eu nasci
porque no teu ponto de vista
a nova — a tua velha casa —
devia ser também a minha
mas a minha a dos alembramentos
fica somente no gosto da água da laranja
e do chá de cidreira
daquela cidreira que mantém seu mesmo gosto
          por décadas no meu paladar
e talvez dalgum biscoito bom ou rosca
que acompanhasse o chá ou chá de leite
por uma estrada colorida
nessa minha velha casa que hoje é lembrança
e pra você talvez apenas imaginação
          nem isso até
talvez só imagem do que digo
mas imagem vaga e fugidia
como a própria fala que não tem escrita
verba volant scripta manent

ainda que se inscreva
ainda que me escreva
você nem sabe
me ensinaram no colégio
nas aulas de latim
no colégio tão longe da velha casa
onde aprendi coisas tão importantes
quanto inúteis
nulla dies sine linea e te deum laudamus
e credo e armavirumquecano e introiboadaltarem dei e
avemariamgraciaplenadominustecumbenedictatuinmulieribus
etecétera etecétera
assim mesmo numa fala apressada
de quem sim só decorou
mas patavinas sabe
dos detalhes do entendimento
e nem só de latim vivíamos

mas também doutras coisas imperdíveis
como a grande guerra
a guerra dos cem anos
a guerra do Peloponeso
a guerra do Paraguai
a posição que Napoleão perdeu a guerra
e sempre outras tantas memoráveis
guerras que ninguém mais lembra
e que por isso estuda
que é pra aprender a lembrar no livro
aquilo que na mente não se guarda
nos livros ou melhor no livro
que a cidade não tinha livraria
e parca era a biblioteca
onde estava algum saber
seja lá o que isso fosse
naqueles confins
antes que o dia nos sufoque
a canção nunca para e estanca na mente dos bestas

e quem explica como foi parar lá dentro?
só Freud explica diz a Rita
e mira quase rima
eu acho mesmo é que tudo nasceu
pra se acabar em livro
de tabelião escrivão e burocrata
lavrado com fé em três dinstintíssimas vias
com seu bobo tentando explicar as causas do mundo
da vida da morte da cabeça e das pernas
ou de como nos homens a cabeça
só pode estar sim entre as pernas
deles do do primeiro rabo de saia
arre de escola e de livros já basta
que nada mais tenho que falar
o assunto é teu também
que com ou sem latim e guerras
muito não deve ter mudado
mudam-se os livros mudam-se as paredes
mudam até parafernálias
quadros carteiras e pedagogias
mas não se muda o fato que saber é
CUIDADO
olha a rua um perigo um pe-ri-go
ninguém sabe donde vem
um corre-corre
é disso que vivia falando com o Geraldo
num átimo
num bole-que-bole de desatenção e sus
nada mais resta
quer dizer resta
eu sei que resta
mas o que resta eu não sei
nem tento demais
saber é viver no contento da ignorância
agora fique atento
olho na nuca e passo esperto

MEU

bem que nem o não ter pai
que eu devo ter falado
o que fugiu e dirigiu e decantou a sua história
mas como foi ao pai não ter o filho?
pouco quase nada nada mesmo
ou tudo que lhe deu sentido?
aqui não é como naquela casa que você amava
muito menos como na minha
na velha eu digo
sim na minha velha casa
onde vivi na ignorância mais inteira
e ignorava até o que era contento
feliz e não sabia
                    seria o ditado
mas isso é toleima
o feliz não sabe porque não importa saber
pensar faz o melancólico
e isso eu bem dispenso
na velha casa
na casa dos meus pais
na casa dos meus avós
e pensar que a velha casa
a minha velha casa
pra eles era a nova
pra eles que só podiam se lembrar daquelas
                    que seriam suas velhas e perdidas casas
enquanto atravessavam seu tempo no meu tempo
que te atravessa enquanto nós cruzamos estas ruas
quando penso nisso vejo
que nela nada de mais não podia haver
nem que comprove a mística que sinto
quando recordo
no entanto a cada recordar
a névoa que deu tons heroicos à memória de uma velha
não pode ficar simplesmente racional ou razoável
pouco importa como era a velha casa agora

e agora pouco importa rever a velha casa
a casa é a casa que na memória fica
onde habitamos mais a cada dia
a cada novo santinho
a cada missa de sétimo dia
a cada aniversário de falecimentos
mais imensa fica nossa casa
a minha a nossa velha casa
minha e de minhas irmãs
minha e de meus irmãos
minha sim mas sobretudo dos meus pais
onde relâmpagos de histórias relumeiam
                    a noite imensa do esquecer
na paisagem do olho — breu só
onde brincamos nas primeiras horas
nas chuvas que vinham no estrondo
enquanto as velhas catavam roupas do varal
e os velhos de catador em mãos
corriam a plantar feijão no pó
é que vínhamos prontas pra folia
era a folia da gente
maior que de reis e bois e vaquejadas
uma coisa sem jeito
que se desenrolava no meio da terra
no nosso terreno
no fundo mais fundo no quintal
num quintal que a meu ver de menina pequena
era imenso
          maior do que muito
era como pensar que o outro lado do mundo
estivesse contido bem depois daquele muro
e o muro era então nossa margem
a geografia primeira
que marcava o que nos era
          e o que não era
                              conhecido

do outro lado do muro
bobice que fosse era assim que eu via
e penso que não estava só
nessa ingenuidade periclitante
o além-muro era muito mais que além-mar
ou que além-túmulo pra nós todas
e o brilho nos olhos meus delas
só de pensar no outro lado do muro
era o brilho que nos olhos meus
tardava a imaginar
e quando as chuvas caíam
enfim nós pulávamos poças
que ainda deviam pequeninas
mal dar pra sujeira
duma noutra à medida que a água caía
e traçava no solo o caminho que mais lhe devia
o mais devido naquele dia
esperando esse aumento
que a pouco e a pouco se fazia nos rasgos da terra
pulávamos o pulável
e quando não era
errávamos
porque no instante do entorto tornava a folia
que a terra espirrava
cheirosa de chuva que estava
nas roupas nas canelas e meias
até nas calçolas que usávamos
que naquele tempo se usava vestido
e vestido somente
nossas roupas
no embaixo mais íntimo sujas
de um barro que mais me dava um gosto
de lavar a alma
depois de toda cavalgada
velha não deveria falar disso
mas era sim e assim somente

no barro que a alma se lavava
e era nele de algum modo
que descobríamos
e ainda muito e tanto nós descobriríamos
das carícias e caladas do corpo
no corpo sim colado à lama
nas gotas de chuva que nos cobriam junto à terra
ainda sem ciladas
há pouco inda tão seca
a nós que mal velávamos o pudor
por selvagens sim que éramos
pouco dadas aos modos do mundo
à tal civilização que se espera
brincávamos entre e a roupa e o nada
rolando roçando no barro da chuva
            até me envergonho mas de nada
pois nada há de que pejar
era ali sem notarmos
que iniciamos o corpo aos gostos do corpo
ao prazer infinito de só-existir
de estar ali sim
agir correr deitar rolar ali
de ser ali e já
como um pé qualquer
como o fruto do caqui ou do cajá
e a flor ferrosa dos ipês mais invernais
felizes como um cão sem dono
desvairado e sem sentido
que segue seu caminho sem pecado
e sem perdão
                        sim nós éramos pagãs
sem sequer sabermos o que seria isso
porque a alma foi bem criada muito depois
foi muito mais no fim de tudo
e malcriadas é que nos criávamos
naquele velho quintal por entre as árvores

dançando de caso com a lama
depois como era de esperar
          veio a vida sins e nãos
a outra vida que esperam da gente
ser certa correta uma aluna educada ser gente
sem estar aqui sem dar-se ao sim
e aquilo de ser o que a gente realmente era
isso nunca ninguém sabe
ninguém viu
da vida arcaica só alumbres
então o mundo
          o outro lado do muro
encolhe pra sempre o velho mundo
que cabe num punhado de histórias como aquela
você viu essa moça passando?
essas pernas de fora meu deus
não precisava não precisa lutrida
parece um desespero essas carnes
esses shorts essa bunda que quase aparece
a cidade não para as meninas não
param eu nem ouso dizer o que eu penso
de toda essa coisa que passa feito carro em nossa cara
como aquele que encontra
no seu aniversário
no seu décimo oitavo aniversário
eu já contei?
no seu aniversário num bordel
amando aquela moça-da-vida
moça-da-vida inteira
palavra bonita que mais que desdita nos diz
moca
da
vida
sim ele com a moça da vida dele
com a moça-da-vida do bordel
pega e conhece um homem que festeja

com sua moça e paga bem à moça rameira
porque festeja hoje o grande dia
o dia inadiável
o dia delirante de uma ausência
o dia do seu filho do aniversário sim
décimo oitavo aniversário
do filho que ele nunca viu
e os dois nesse bordel se encontram
entre a da vida e a da-vida
e assim como uma dádiva se encontram
comemorando assim o mesmo dia
no mesmo lugar
os mesmos dois assim desconhecidos
e assim reencontrados bêbados
por entre coxas drinques doidos
e rasgam pela rua gritando seu amor
mais mútuo nunca visto
e gritam pela luz do vendaval que se anuncia
que este é o primeiro e o último dia
e gritam como quem não tem mais nada
a perder e como já não tem mais nada
por ver na vida
e gritam bêbados na noite da cidade grande
os tantos anos que passaram
na luz do vendaval
e tudo isso ele contava à noite
enquanto dirigia o ônibus da viação mirim
talvez no Mato Grosso
eu mesma ouvi
que dava história de tv
que dava filme ou mais
que dava até notícia de domingo
que dava tudo que se possa imaginar
os dois no vendaval pra nunca mais se verem
desembestados no caos
à beira de desencontrarem até

mentira
de quando a gente tem filho
mas filho a gente nunca tem
eles é que têm a gente
ou vamos nos tendo um ao outro
até chegar um tempo
e ninguém sabe o tempo de nascer pra vida
ah que nascer não é sair do ventre
do ventre todos saem
ou quase todos
duro é sair de casa
sair de si pra cair na vida salvar-se de si
na fúria sem amparo sem destino
é cria de asa que só existe se sai do ninho
eu mesma tive 7
ao longo de 9 anos
uma escada de gente

um fora um dentro e outro no pensamento
porque o que não se ensina é parir
porque parir é o que não se ensina
parir é tudo que te atravessa sim
até que se perde
o Zezé mesmo falou na perda primeira
perder pai perder mãe perder irmão
a gente pensa que é difícil
mas filho filho meu excelso
filho é muito outro
este é o sepulcro que não tem cadáver dentro
não tinha coisa nada cara dele
que pudesse dizer o que era o diferente
e era bem assim que era
diverso como a dor do sem nome
como quem saberia arrumar aquele quarto
quem diria o que se cala no lado inverso do pensamento
talvez porque filho é pedaço
uma carne um pedaço

que morre mais na gente quando morre
e o nome dessa morte tem de ser
                    olha o sinal
atravessar assim é um perigo
sabe a filha da Carminha?
aquela que casou embarrigada?
a que casou com o Patrício?
aquela da bunda da celebrada bunda de tanajura
eu me pergunto todo dia
de um presente
de uma faquinha pequena
certa feita ele chegou com a faquinha
e me mostrou
comprei no mercadinho ali do lado
ela falava assim diminutiva
em tudo achando em tudo
um -inho
vem com bainha e tudo bonitinho
era a faquinha menor que um queijo
ou que a fatia do queijo
e eu acho que pensei na hora que era presente
        aí guardei
mas faz tempo que não sei se era
        mesmo um presente
ou só pra apresentar a faca
ficou lá na gaveta faz tempo
                    não sei
coisa de anos 15 ou 20? nossa 20 ou 15
essa história até hoje me assombra
entre o penso e deslembro
que nunca entrego
até que de noite lá eu penso
e deslembro
sim eu trouxe ela na bolsa hoje
pra retornar
ele vai com a filha

coitada da menina coitada
isso é que eu não quero pra ninguém
ele nem deve pensar no caso
não sei
talvez nem ele saiba se era presente
ou nem soubesse nem naquele dia
que nem eu não sei
o que me lembra das histórias de pau-de-arara
cortando a seco nas areias interinas
e tantas que ninguém mais lembra
porque o sertão é que é
o sertão é do tamanho de dentro
como o do defunto empacotado no corredor
mas veja e veja bem
um moço morto em plena viagem
o falecido faleceu noutro lugar
assim o calho de achar
e então seguia pobre que éramos
pobre que era mesmo morto
rumo à cidade pra devida finação
e o povo todo se benzia
sim porque o morto deflagrava sons
de arroto e peido sem pudor
porque sim claro que morto
embora muito vivo pouco diste disto tudo
assim fedia o morto entre galinhas
num cheiro misturado às paçocas
salgadas de pequi e umbu
com fruta e criança entre as pernas
alguns de pé por cima
por causa do sem lugar geral
e a noite ainda era então
aquele imenso dom do breu
que carcomia o pau-de-arara
e nada mais se via
então nas curvas sem nem quê

num súbito tudo tremia
o morto arremetia contra os pés
do povo e benzadeus cruzcredo sassinhora
tudo exalava a deus
enquanto alguns os mais vividos
tinha só a rir dessa lembrança
insistente da própria morte
e rir de carregar sim o cadavérico senhor
para cada descida nas latrinas
dessas antigas
belos buracos feitos no chão
com uma ou outra falha pra desenxovalhar a dita cuja
frente ou verso banda ou bunda
e na falta de porta fazia-se um labirinto
entrávamos de cá seguíamos por lá
virando aqui e ali ei-lo retrete
no bom sossego defecal
se não lembrássemos que o ônibus
por alto que era
pra todos dava a vista
do coco do cagão
somente o morto não riria dessa tamanha
desbragada miséria
porque rir é quiçá remédio
como eu falando dessa pejada
eu que também vim parar em Brasília
com a barriga cheia e ainda assim vazia
enquanto a saia se encurtava
expondo o furo em cada meia
já vinha grande do Simão
que nasceu nos mês depois
e quando digo Brasília eu minto que não era Brasília
não era capital nem distrito nem cidade
isso era um grande nada do tamanho do mundo
esperando esse bando de gente
inventar o cerrado

ah mas nem faça essa cara
eu não vim de barriga qualquer
vim com o Mauro o marido o mais certo
prenhe de recém-amarrada
daquele pé-de-valsa
ele me convidava eu nunca quis
não sei dançar
não vou dançar
ou algo assim
eu respondia
se me pedia
só pra dançar
ele voltava
e perguntava
a contradança
e sem demora
eu insistia
em não dançar
mas eu dancei
porque ele era o homem mais rico
daquelas vetustades
o que hoje sim eu sei
é bem pouco em matéria de riqueza
e assim sem pensar duas vezes
eis a história de sempre
e ainda assim a minha
ninguém disse que não somos também
feitos da mesma matéria
que os clichês
o sol a luz da minha vida
a dor pungente no meu peito
eu encarei de frente toda a dor
o pai me casou com esse homem
que me insistia e pedia na dança
e que me olhava e queria de banda
e me trazia suas mãos

e eu não queria mas digo
eu sim claro sim
          eu amei esse homem
por outros motivos que não sei bem dizer
não importam as causas
o corpo dizia a cabeça dizia
eu só dizia o meu sim do altar
e do altar fui pra cama sim
          e da cama sim à cozinha
com filhos na pança sim
                    e da cozinha sim de volta à cama
para parir sim e sim para gerar
eu amava sim eu queria sim cuidar
esse homem sim esse um
que me levou aonde eu fosse
com suas mãos de mouro bruto
seu bolso de homem rico
e sua cara qualquer de ninguém
que me fez 8 filhos e morreu
ele que só viu nascer 7
e sabia sim que amava
eu amava eu sim eu dizia
até se cheirava sim a outras mulheres
que eu mais odiava e na hora
de dormir sim eu rezava sim que tudo acabasse
comigo ou com ele ou com todos
mas só prosseguia eu dizia era sim
eu dizia um sim eu pensava
era tudo que eu tinha era um sim
por dizer eu amava esse homem
dos 8 só 7 esse homem nem soube eu amava
pelos 7 e 8 que me deu
era sim eu dizia eu pensava eu corria
atrás das crianças sim então eu gritava
não eu sim eu pensava eu não sei
eu queria sim que essa vida seguisse do jeito

sim porque sábado era dia de mandioca
e era sábado
porque sábado era dia de feira
e a mandioca demorada azulava
por isso o sábado de feira
era o sábado de mandioca
escorchada e cozida
e comida e congelada
mas só depois da geladeira
essa coisa hoje velha que já me foi tão nova
nem nova não era
era coisa de magia aquele vidro
água na forma de pedra
que eu já adulta enfiava na boca
e chupava feito menina
com gosto de nada de água
seu gelo ardendo na garganta
era um tempo de novo
como de quando apareceu televisão naquelas terras
e tanta gente se ajuntava pra ver aquela caixa
entre preces e mimos e risos e prantos
pensando donde é que viriam os tais homenzinhos
falando na caixa e o pior
aonde é que iriam depois que desligasse
aonde é que iríamos depois que desligassem
mas era a pura ignorância
que de algum modo dava graça
pra quem só comia mandioca aos sábados
antes da geladeira
antes que o dia nos sufoque
olha lá o guaraná você quer?
esse gosto de comum que você bebe
já teve uma primeira vez igual à geladeira
e na minha primeira
do guaraná primeiro
só se podia economizar furando

ou assim eu pensei
vai saber
furando um furo de prego na tampa
pra beber mais diluído e deleitando
pois foi bem aí que quase me afogo
o guaraná quente descia e fermentava
borbulhando por dentro e subia
e regolfava na boca na venta nos olhos
que eu nunca mais eu quis beber
e ainda assim bebi pra além de toda conta
em tudo quanto é vestimenta
guaraná com gás sem gás com gelo
isso bem mais tarde
que o gelo coisa rara
exótica ou iguaria
inda era próprio das madames do bairro de cima
e nós provamos sim com açúcar

a mais a menos a médio a morno a quente
e com tudo quanto é fruta
eu já falei do pé de fruta lá de casa?
da casa da minha mãe da minha casa de menina
já disse não disse não disse?
ou será que não disse?
acho mesmo que redizer é o meu melhor fazer
eu já falei do Laio? o baxinho de bigode
caçula da Chiquita
que tinha o tique engraçado
de começar cada frase com um *não*
quer dizer... lembra?
com se precisasse se desculpar pelos silêncios
uma lástima
foi desses que do dia pra noite
com mulher e filho de colo
será que você conheceu?
agora eu dei de inventar memória alheia
mas acho é que os alheios deslembram

isso tudo que eu ainda guardo
tinha um pé de laranja lá em casa
e dava tudo em todo tempo
a laranja da boa curtida de azeda
chegava no travo de tanto
e era esse o mel da laranja
porque fruta é que nem água
o verdadeiro gosto é o gosto
da talha da nossa casa da velha casa
do barro da nossa terra e não há terra
outra que remonte esse gosto
por isso é que o exílio me dói
sem nunca sair do país
por isso é que o exílio sim me dói
por aquela água por aquela laranja
curtidas ao gosto da memória
o pior de tudo o pior mesmo vero o pior
é que se acaso ou se aquando eu de novo bebesse da água
ou triscasse a laranja — quer dizer
da laranja não há jeito
que o pé pereceu faz tempo
la-ra-ra-ri la-ri-la-rá
mas voltando ao pé o tal
lá me veio um cachorro
cachorro doido desses que brotam da terra
morder o bicho
            a laranjeira é o bicho
e ela adoidada então passou a dar de tudo
melancia abacaxi pera uva maçã mexerica jabuticaba amora
o que pedisse dava
até laranja seleta bahia e até
você pega o limão?
                        3 ou 4 bastam
e minha mão mais atrevida
ou quantos mais quiser
quem sou eu pra dizer quantos são

satis superque?
é o latim que mais me serviu
nas cartas namorico com Joaquim
sabe? o cunhado da Chiquita?
padrinho do Manuel? foi vizinho
da nossa casa tanto tempo
que conhecia cada quina cada mancha
e há quem diga
também cada coxa de cada uma das irmãs
que não éramos tão poucas
rodando em nossas saias sim
tudo com aqueles versinhos latinos
sobre beijos
o contraponto daquela tanta certice
monástica do latim
dominustecumbenedictatuinmulieribus
ou salverregina que o valha
pra quem eu vez por outra
arrisca até piscar
ou levantar a saia
e revelar sorrindo
tudo sim
até o joelho nessa altura
pois ele bem gostava e bem
não vou dizer que desgostei
mas cada um prossegue
até fincado como ele
até mudando a cada átimo
como ele
até saindo pra bem longe com outro homem
como eu
como todas que não sabiam mais viver aquela mansa vida
que hoje só me saudadeia
como a saudade
das ausências
das frutas e da água

FILIZOLA
Costela
$10,99

o que que eu vinha falando?
ah nem falar eu falo ou tanto falo quanto penso
ou mais falo do que penso
não é pra todo mundo
estar aqui e lá o tempo todo
dar conta disso aqui
desse pouco desse nada constante
a cada instante aqui
enquanto há tanto tudo lá
que além de recordar matutar convém
até já nem saber onde começa
a invencionice a fantasia o silêncio
que eu deveria ter guardado
que recordar é o princípio da saudade
e a saudade é o revés do parto não?
pra quem pariu lá meia dúzia
de gente

não custaria nada parir mais ideias
às dúzias desatenta
aos resultados
pegou os limões?
já estão aqui sim perfeito
agora os ovos
já reparou que a vida da gente
é que nem caixa de ovo?
a gente faz de tudo pra abrir
selecionamos no detalhe cada peça
            a maior a mais limpa
tirada das caixas alheias
aí levamos quase no peito no carinho
pra nossa feito fosse um filho
e essa caixa seleta seletíssima
OI GLÓRIA COMO VOCÊ VAI BEM
víbora mesquinha
pra que nada se quebre
recebe o melhor dos tratamentos

por cima de toda compra
numa sacola previamente separada
alheia de qualquer porta-mala
vai quase assentada
no banco ao nosso lado
se por acaso eu dirigisse
mas eu levo comigo acolhida no peito
seja em transporte coletivo em caminhada
ou reservada eu mesma
          no banco do carona
assim chegada em casa
a gente esfrega cada ovo ensaboado
e enfileirados lá vão todos
pousar na porta de uma geladeira
até que um por um se estrepa
a cada prato a cada dia
uns mais podres do que outros
sem nunca sabermos donde veio cada um
naquela seleção passada do supermercado
aí depois a gente inventa a causa
como o caso de que hoje poderíamos ser ricos
você sabia? ricos
sim é o que todos dizem
porque quando nós éramos candangos
hoje não sou nada disso
nem sei dizer o que eu sou pelo tanto que fui
mas quando éramos cadangos
desembrenhando Brasília de dentro do cerrado
o Mauro pegou trabalho bom
trabalheira pra ele e pra mim
que entre sins só pagiava as crianças
como o Zezé ele podia ter enriquecido
na entrada ilegal de madeira tijolo
e quem sabe o que mais?
eu é que não
          que andava longe

limpando fraldas de pano
e lustrando bundas nas fraldas de pano
o Zezé só dizia o sim
que eu dizia pro Mauro
e o Mauro nada dizia
nem sim nem não
então pagavam pra quem dizia
e pra quem dizia sim
é claro
vence na vida quem diz sim
eu dizia
mas só pro Mauro
e o Zezé dizia pra eles
não sei quem nem o quê
mas traziam e com aqueles sins
muita gente assomou nessa terra
de ninguém
e assim eu fui ficando
uma mulher de um zé ninguém
dizendo sim
            sonhando em nãos
mulher? coisa que treme
mas vendo a vida e mais
vivendo aquilo que era a vida
que eu me dava e que me davam
porque esse é o mel da vida
porque não existe outra melhor ou pior
e ficamos sendo nós mesmos
até que que ele se foi
e eu com 7 filhos
e o Zezé dizendo sim
e eu sem sim pra dizer pra ninguém
mas não fui a única
nem a primeira nem a última
vou me deitar no seu cansaço
sabe a Chiquita?

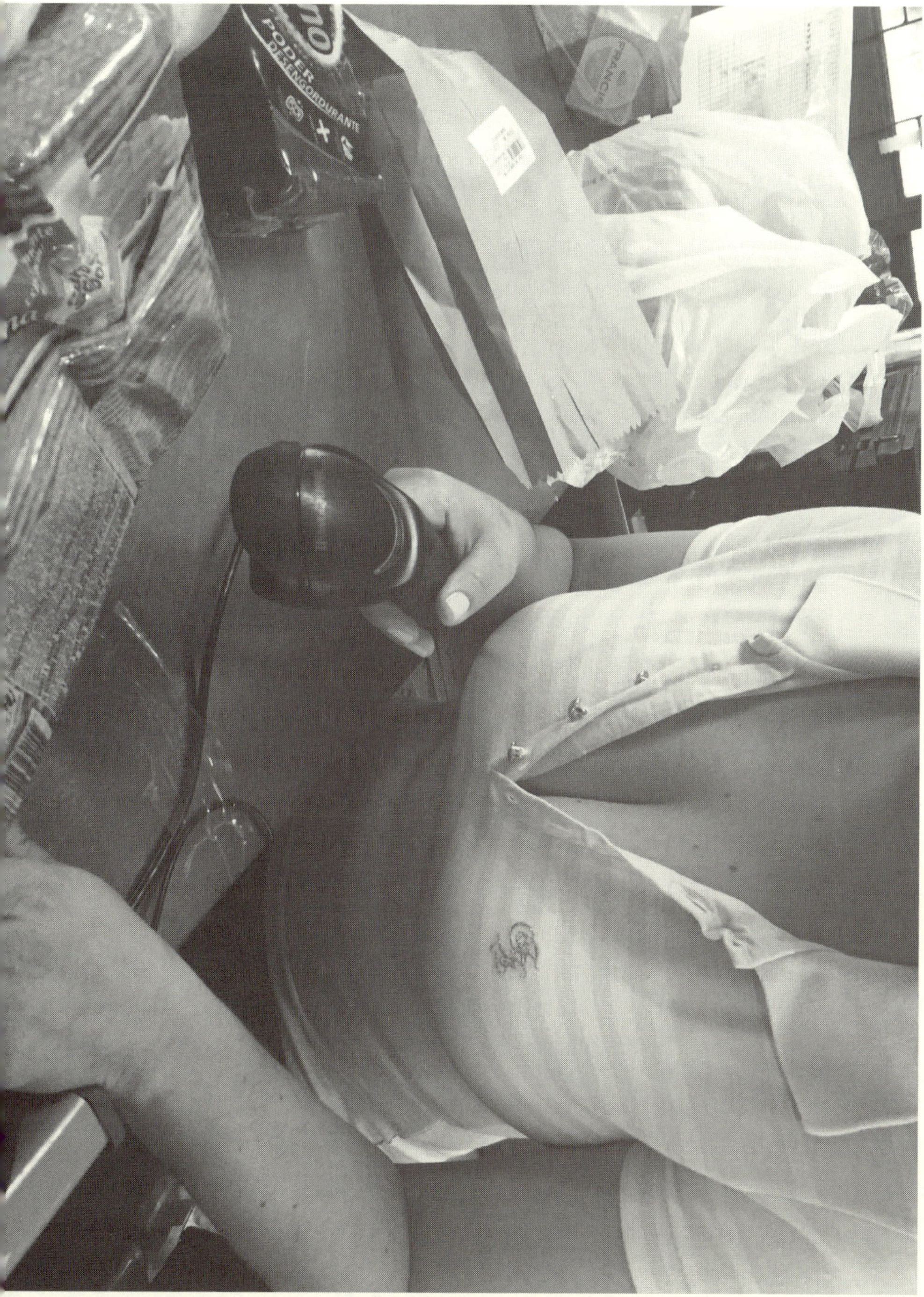
PODER
DESENGORDURANTE

ABSURDO
ESSA RASTAQUERA OLHA SÓ DESPAUTÉRIO
olha isso eu NÃO ACREDITO
É SEMPRE A MESMA LENGA-LENGA
a mesma SEMPRE A MESMA
UM XUCRO AGINDO A ESMO
tenha dó é um ABSURDO
AQUI E ALI VOCÊS LANÇAM UM PREÇO
QUE É OUTRO AQUI NO CAIXA
EU TENHO CARA DE PALHAÇA
de pamonha? eu tenho cara de palhaça?
viu o que essa rapariga alega?
NÃO VOU PAGAR NADA eu não tolero
VAI TIRANDO QUE EU NÃO VELO
ASSIM NÃO LEVO
não vou pegar mesmo e não me venham
com trela de são 10 centavos

de são 20 centavos são só moedas meras
de grão em grão essa d'angola desenche o papo alheio
CHEGA DE PAPO
QUANTO DEU? EU PAGO RESTO
TIRA ISSO DAÍ CADÊ O GERENTE TENHA DÓ
vamos? perdi a estribeira NÃO LEVO NADA
PRONTO? PERFEITO? SATISFEITOS?
é perversão é maldade é mesquinhez e não é minha
não pago nem 5 centavos nem 2 nem 1 a mais
fiquem eles com seus trocados
que EU TROCO DE MERCADO
NÃO VOLTO NUNCA MAIS lá vem ele é só assim
só no grito é que vem mas eu não quero
EU NÃO QUERO ESTÃO OUVINDO?
NÕ QUERO NÃO LEVO E PRONTO não sou jacu
você viu essa? quem merece?
talha o sangue E NÃO ME CHAME DE SENHORA
O QUE FOI TEM o quê
tem mesmo desconto?

vamos?
sim agora é que são elas levar
o peso das sacolas no braço
o bom é que é perto
e abril já não é tão cruel se tudo outona
por isso é que eu não largo
e porque sempre são gentis comigo
se é pena pela velha
ou vileza temerosa
pouco importa
paguei a justa paga por tudo
ou como juros
pelo constrangimento meu e deles
como paguei meu preço em tudo nesta vida
ponho a viola no saco e sigo o percurso mais curto
sem nostalgias de volta pra casa
esses modos eu digo
não nascem com a gente
ou comigo pelo menos não nasceram
que tímida e bronca
calava na ofensa dos outros
pensando me poupar do conflito
enquanto conflitava por dentro
comigo e com o outro
e ganhava é claro
a disputa nos melhores argumentos
e nas piores respostas que se pode inventar
mas contenda verdadeira e de dentro
desse outro dentro que nem sei onde é
calava mais fundo
e furava e apertava não sei quê
que doía no silêncio forçado
o Corinto é que ensinou
sem perceber assim fazendo só
do seu cismado jeito
como é que se é nesse instante

alivia de saber que existe
e a perda não carece morte
carece coisa assim
um filho meu
            nem digo mais o nome
que hoje já se perde pelas décadas
travou de se trajar menina
se travestia a cada dia
até pelas esquinas
me estranhando toda de tudo quanto havia
mas sei o que nem desconfio
e assim sem cisma o aceitei
com minhas reticências broncas
inevitáveis
porque amor era assim maior
e nele o amor surgia em mim
foi minha quinta perda
quando se foi pra América
fazer a outra América imagino
nas roupas de mulher
usando o novo nome
Diadorim mas como assim Diadorim?
mudar a roupa o nome mude
mas não podia ser mais simples
mais falível no dia a dia
mais Maria mais Luzia ou variáveis?
falou que era literário
sim devia fazer tipo no exterior
e isso me lembra outra história
Narciso
            você conhece?
é um moleque grego ou latino não sei
escute esta versão do mendigo da cidade
            o cego Ulisses
quando eu era mais moça
eu nunca mais ouvi mas decorei

Narciso tinha sede e sede imensa
mas hesitou perante a própria imagem
com medo desse guardião bonito
que protegia a água desejada
Narciso tinha sede e sede imensa
ao retornar alguém ainda estava
protegendo o tal lago era tão lindo
e ainda assim Narciso o recusava
Narciso tinha sede e sede imensa
e correndo passou a própria imagem
deu de cara com a água sem sabor
e apaixonou-se logo pelo não
sem ver imagem só a sede imensa
Narciso transformou-se em guardião
porém não sei ao certo que moral
se extrai do que decoro
mas ela me persegue feito um cão
nas tardes quentes sim quando a gente tenta
passar correndo em frente do portão da casa
porque tem pressa
ou não pensa no que faz
eu pouco penso no que faço
porque demais repenso todo o resto
e bem por isso vou fazendo
que toda história é cansaço
deus proteja os insensatos
como eu que persistem nos anos
pra além de toda conta
como eu e como Ulisses e como a Isaura
essa gente que de algum modo eu amava
eu falei outro dia à Magali
da velha Isaura
eu já falei? acho que não
era ela a antiga velha
mas velha de tão velha tão tão velha
que até pareço moça

e velha hoje sou eu
então a velha Isaura já era velha
e hoje é *sempre* velha e um quê de cadavérica
aqui dentro da cabeça
conservada de criança a minha
com aquele seu bócio sem tamanho
naquele tempo inda intratável
e cresceu até chegar no ponto
que mais parecia uma bolsa
sacola de papo por baixo do queixo
que ela pegava e lançava pra trás
arrastado por detrás das costas
e assim de bócio ele virou mochila
pasmando a menina que eu era
diante daquela mulher miserável
que no trato da casa acudia
e seguia no seu tempo próprio
dentro do meu tempo
espantando o meu tempo com paz
ou silêncio
pra mim era o mesmo
desentendida que eu era das dores caladas
que a gente reserva no vão da garganta
das dores embatocadas que colam
no fundo da garganta
e tanto amargam que a gente acostuma com o gosto
feito fosse remédio feito um boldo
sim um chá de carqueja mais quente
saudade também amarga
é jiló na conserva dos dias soledade
até que a gente enjoa de tudo quanto é doce
e acredita
ou assim *finge*
que prefere o amargo
a velha Isaura
acredite

nem era escrava   era velha
parda como todos nós mas da miséria
mais retinta e tranquila
                    veja
não falo isso porque via então
eu vejo agora sim ou crio agora
enquanto falo o fato dessa aura
toda miséria que a redime aos meus olhos
é assim que eu te entrego a minha Isaura
de mais ninguém a velha Isaura
com seu bócio do tamanho do mundo
e seu passo largado
apoiada na pia
com aquela mochila varrendo o quintal
a Maga teima que é mentira
que essa tal nunca existiu
senão na minha cabeça

mas isso é só eu é que sei
chegam mais perto só pra ver
essa meleca colada na cachola me lembra
o arcaico tio Arsente
que além nome esdrúxulo
ausente esteve sempre
só conhecido pelas cartas
que a minha avó trazia
era o seguinte
minha avó tinha tido 8 filhos
mas parece que teve foi 9
porque tinha o tio Arsente
que foi pro Paraguai bem novo
quase bebê ou bebê por inteiro
ninguém sabe por certo
e teria ido pras bandas de lá
pra adoção porque foi o primeiro
nascido na pobreza
ou de outro homem

casado? ela era menina?
boato é o que mais tinha
ou por outros motivos que hoje nem lembro
o caso é que sim tinha debate
sempre cerrado entre os netos
sobre o caso Arsente
que nos mandava cartas
direto do Paraguai
em bom nosso português
nosso porque o português ali
era o falado
            que o lido era parco
igual ao latinório empolado dos padres
non serviam
e mandava suas missivas
de aniversário páscoa ano-novo
casamento etecétera e o que mais
naquele bom *nosso* português
porém escrito
e a gente se sentava pra ouvir
                        religiosamente
outra história que o tio Arsente
como se o membro mais presente da família
descrevia estranhezas profundas do Paraguai selvagem
lembro o caso da lontra das matas
de 5 toneladas
eram 5? eram 6? mas eram veja bem *toneladas*
encontrada em cima de uma árvore
comendo a carcaça de um leão
ninguém sabia como
mas sei que pegaram a lontra
pesaram a lontra e por fim
perderam a lontra
que depois
            acho
voltou pra sua terra

Corinto o mais velho cismava integral
com essas histórias do Arsente
e insistia era invenção
mas ninguém nunca altercava
o momento sagrado
da leitura das cartas
e a cada novo caso ele adentrava
mais e mais na carnadura da família
acontece que a minha avó
velha que era acabou que morreu
sim como eu também devo morrer
ou já bem que preciso
pra lagar tanto santinho acumulado
e virar também santinho eu
como virou a minha vó
deixando as cartas do Arsente
até a última carta

muito breve e funérea
lamuriando seu luto na selva paraguaia
e pronto
                    acabou-se
nenhuma carta mais se viu
na verdade nem mesmo as velhas cartas
que desapareceram todas
enterradas com a avó? queimadas? escondidas?
atinava ninguém
e o assunto era essa inexistência então
ou essa dupla ausência de Arsente
faltante da família faltante do mundo
e capaz bem por certo
que inventado esse caso
não o meu que bem lembro
de Arsente ser tio
o Corinto cismando dizia
era invenção da vó
algo entre louca com filhos a mais na cachola

e anos a mais nesta vida
ou enlouquecedora inventando
parente na mente dos outros
pelo simples prazer de perturbar
sem a vó sem Arsente
pelo sim pelo não
ficou o silêncio ocupando o lugar
e hoje eu guardo comigo esse tio
inexistente que insiste
em existir comigo
            o sol espera pra nascer
e aqui chegamos no cada um pro seu lado
ah muito obrigado
só agradeço a companhia
delicadeza da sua parte
de ainda me tratar bem
acalentar essa velha
sorrir talvez conversar comigo
que às vezes penso demais
corro demais
me embolo não calo e falo demais
aliás é você quem fala pouco
mudo me ouvindo
                        não seria surdo-mudo
enquanto insisto em fabular
sem fim em torno da dor do sem nome?
na próxima nas próximas se pudermos
você bem poderia tomar um pouco este espaço
que muito ocupo
larga essa cara de livro
parado pregado como um dois de paus
daí eu poderia saber o que mais
você tem pra contar conta?

estrelas mudam de lugar

mas pensando este pouco do assunto
o amor é bem coisa de ninguém
e só tem dois no mundo
o arrebatado e o concedido
não sei dos dois qual foi
Ulisses quando veio à minha casa
na calada da noite
bêbado e vestido de mendigo
bater na porta
"quem é?" eu disse
fingindo não saber
enquanto saboreava o seu cheiro pelas frestas
"sou eu" me respondeu
então girei o trinco e retranquei a porta
porque ele eu não queria
mas outra noite como sempre ele voltou
"quem é?" sim eu já sabia
"ninguém" me respondeu
então abri a porta
ele mentia e eu amava
e cada um seguiu a sua vida

Todos os nomes que talvez tivéssemos
Belo Horizonte—Morretes—Curitiba, 2007—2017.

ESCREVER A ESCUTA

por Rafael Zacca

Existem pelo menos duas formas arquetípicas de fortalecimento de um projeto poético. Uma que ocorre por meio de processos de imersão, com apuro e condensação das formas descobertas, quando um poeta mergulha cada vez mais fundo no repertório de recursos que um dia abriu; e outra que se faz por marteladas, com a inauguração aparente de descontinuidades, quando um poeta abandona sistematicamente os lugares que alcançou, para, na pesquisa de recursos sempre novos (e não apenas renovados), temperar a forma interna que se fortalece invisível a olho nu. O projeto da tetralogia intitulada "Todos os nomes que talvez tivéssemos" pertence ao segundo tipo, sob os golpes de martelo do poeta e tradutor Guilherme Gontijo Flores.

Naharia surge como fruto estranho no jardim das delícias de uma tetralogia dedicada à versificação e à fragmentação; encerra a empreitada com um longo poema dividido em cantos não estrofados, todo ele construído com dicção e temas prosaicos, com as marcas sintáticas e materiais da fala. Por essas e outras, *Naharia* frustra os precedentes. O poema-epígrafe, que evoca Homero, astuciosamente o denuncia, ao parodiar os primeiros versos da *Odisseia*, aludindo, assim, ao herói do erro, do engano, Odisseu, aquele que não vence pela força, mas que frustra, pela palavra (e pela *metys*, pela astúcia), as forças mitológicas:

conta moça do homem malino
que depois de arrasar morada santa
veio em meio a tanta terra
conhecendo um tanto
de gente estranha
cheia de gostos
parar nesse cafundó
(*Naharia*)

O homem multiversátil, Musa, canta, as muitas
errâncias, destruída Tróia, urbe sacra,
as muitas cidadelas e homens cuja mente
escrutinou, as muitas dores que amargou
no mar a fim de preservar o próprio alento
e a volta aos sócios.
(*Odisseia*, trad. Trajano Vieira)

O que impressionava naquele *Brasa enganosa*, de 2013, era a precisão formal-rítmica de um autor miniaturista. Os procedimentos não encontraram semelhanças imediatas com o segundo livro da tetralogia, *Tróiades*, lançado em 2014, composto por um conjunto de fotografias de massacres, ruínas e opressões, em que no verso se podem ler poemas montados com diversos fragmentos de tragédias clássicas (com os versos traduzidos por Gontijo) de modo a montarem, linha a linha, um texto original. Podíamos ao menos fabular entre os dois primeiros livros uma forma secreta que demandava fragmentação, dispersão e reunião do "tesouro maldito" da civilização ocidental. Dois anos depois, ainda, a "morte" do autor, com *l'azur Blasé*, com comédia e autoironia, apontava para outra direção. Contra todos os recursos que compuseram Gontijo como poeta na primeira metade da tetralogia, surgia um volume *crítico*, isto é, de escancaramento, pela crise, dos limites do autor. Com *Naharia* podemos ler esse circuito novamente. O que permanecia oculto, até então, e que se revelou como tecido confeccionado a cada livro e preparou o fim (alvo e finalidade) da tetralogia, é a ideia de um defunto-poeta, que atenta contra as formas da autoria.

As formas da autoria. Contra cada uma delas esses livros se rebelam: "O autor é aquele que assina o texto, que emite juízos por escrito" versus *Tróiades*. "O autor é aquele que aumentou" (do latim, *auctor*, o que faz crescer, de *auctos*, particípio passado de *augere*, aumentar) versus *Brasa enganosa*. "O autor é aquele que tem um nome e a quem podemos recorrer para desvelar o significado das coisas de sua autoria" versus *l'azur Blasé*.

"O autor é aquele que fala". Versus *Naharia*. No quarto volume de *Todos os nomes que talvez tivéssemos*, as formas da escrita não são as da fala. Em *Naharia* duas gerações se conversam: o poema se faz com a voz de uma velha senhora que conta suas histórias com "parênteses / que parecem simplesmente intermináveis / quase como conversa que desinteressa", nas "voltas infindas da fala", dirigida a um ouvinte todo silêncios e disponibilidade. Não que isso não irrite a velha senhora:

você bem poderia tomar um pouco este espaço
que muito ocupo
larga essa cara de livro
parado pregado como um dois de paus
daí eu poderia saber o que mais
você tem pra contar conta?

Onde se quereria um autor, um falador, Gontijo nos dá um ouvinte. Instigado a "contar" (palavra, aliás, comum tanto à experiência, que se conta, quanto à ausência dela, numérica, que se pode contar sem nenhuma materialidade, como dois e dois são quatro), aquele que escuta em *Naharia* não faz mais que pedir ("conta moça") e reproduzir em texto a suposta fala da senhora. *Naharia* foi escrito não apenas com as formas da prosa, e, portanto, da fala comum, como também com as formas da escuta, "numa deriva doidivanas / dessas que só se sai / parando noutra". Escreve-se com a orelha, com o órgão auditivo, o que em nós não tem defesa contra os estímulos (pode-se fechar os olhos, a boca, o nariz e mesmo dar um passo atrás; mas diante do tumulto da cidade, por exemplo, só se pode ignorar o ruído com outro ainda mais alto), engendrando um "som ambiente", e, com isso, inaugurando um *lugar*.

Escreve-se para tentar constituir um *lugar de escuta*. Se Walter Benjamin estava certo em seu diagnóstico, de que as ações da experiência estão em baixa, fazendo desaparecer o "dom de ouvir" (*die Gabe des Lauschens*) bem como a "comunidade dos ouvintes" (*die Gemeinschaft der Lauschenden*), é verdade também que não há mais lugar para essa comunidade. "Quem escuta uma história está em companhia do narrador; mesmo quem a lê partilha dessa companhia." Mas o que acontece quando alguém escreve a escuta? Escreve-se essa partilha? Escreve-se a companhia?

aliás é você quem fala pouco
mudo me ouvindo
não seria surdo-mudo
enquanto insisto em fabular
sem fim em torno da dor do sem nome?

E Gontijo é tradutor. A tradução é a forma mais apurada de escuta que as artes verbais têm à disposição. Não é que uma cultura escute a outra; é a linguagem que pode escutar-se a si (e em si) mesma com o ruído que é produzido pelo estranhamento entre o original e o traduzido. Aquilo que, no interior de uma única língua, é entendido e performado como si mesmo da linguagem, é cindido e performado como uma infinidade de línguas na tradução. Por isso Benjamin concebe a tradução como *forma*, antes que como uma ferramenta de comunicação. Gontijo, no entanto, não engendra tanto um poeta-tradutor em *Naharia*, mas um tradutor-poeta, da mesma maneira que Machado engendrou em Cubas não um autor-defunto, mas um defunto-autor: enquanto um poeta-tradutor performa a multiplicidade de línguas no interior da poesia, o tradutor-poeta parte da multiplicidade das línguas para cindir a própria fonte da linguagem.

Todos os nomes que talvez tivéssemos é título fabulado por um tradutor-poeta. Porque a forma da tradução é aquela que cinde o nome entre as línguas e que fabula os nomes que poderiam ter sido nossos nomes, que poderiam ter sido os nomes das coisas — nomes, não obstante, que não são os nossos, que não são os das coisas. Como tradutor-poeta, Gontijo partilha um mundo não apenas de desentendimento, mas de escuta também daquilo que não é. O último personagem que visita a velha senhora é um Ulisses, vestido de mendigo, e que, ainda à semelhança do herói de Homero, quando escuta a pergunta "quem é" pelo outro lado da porta, responde "ninguém". "Ele mentia e eu amava", diz o penúltimo verso.

Ao percorrer as páginas de *Naharia*, será difícil não estranhar, no sentido radical da palavra, a voz que fala. Quem fala? Quem é a velha senhora de Naharia? É ela quem fala em todos os versos de escuta que se escrevem? E será que não é este o sentido do dom da escuta? Será que não havia qualquer coisa de alienígena na voz do narrador contando as mesmas histórias sempre estranhas para a comunidade de ouvintes? Quem é o narrador das histórias eternas dos narradores? Não será por isso que os narradores passam, frequentemente, por mentirosos?

ÍNDICE

Este livro foi impresso em papel pólen 80g/m²,
tipologia Garamond 11/13,2, no verão de 2017.